김말분 시집

시절인연을 나누는
꽃길에서

시절인연을 나누는 꽃길에서

김말분 시집

한누리미디어

불교적 사유와 인연, 일상적 신서정

— 김말분 선생의 제3시집 발간을 축하드리며

손해일
(시인, 문학박사, 한국PEN 35대이사장)

　김말분 선생의 세 번째 시집《시절인연을 나누는 꽃길에
서》출간을 진심으로 축하드린다. 문학은 언어예술의 꽃이
요, 시는 그 정수인 꽃술이다. 시작품은 한글 자모나 부호에
불과한 일반 문장의 행간에 의미를 부여하는 작업이다. 궁극
적으로 작가가 자신의 작품들을 모아 시집을 낸다는 것은 언
어에 그늘막과 집을 지어주는 일이다.

　김춘수 시인의 어법대로라면 "내가 그의 이름을 불러주기
전에 그는 다만 하나의 몸짓에 불과했지만, 내가 그의 이름
을 불러주자 비로소 꽃이 된 것이다." 흩어져 있는 시상을 정
리하고 요리하여 맛깔스런 작품을 만들고 한상 가득 잔칫상
을 차리는 것이 시집이다. "구슬이 서말이라도 꿰어야 보배
요" 서양 격언처럼 "No publishing is Perishing"이다. 그러

므로 작가에게는 작품집이 자신의 문학적 분신으로서 의미를 더한다.

김말분 시인은 2011년에 첫시집《내 마음 어떻게 전할까》에 이어 2014년에 두 번째 시집《빛으로 사랑으로》를 낸 뒤 8년 만에 이번 시집을 내는 것이다. 따라서 몇 년의 숙성기간만큼 이번 작품집에는 농익은 인생 연륜이 삭혀져 있다고 생각한다.

김말분 시인은 경남 김해 태생으로 명문 경남여고를 졸업하고『시와 수필』로 등단한 이후 신서정문학회와 한국불교문인협회 부회장, 국제PEN한국본부 회원 등으로 활발하게 문단활동을 해 오고 있다.

이 시집은 전체를 6부로 나누고 있다. 큰 제목만으로도 이 시집의 분위기를 짐작할 수 있기에 소개해 본다. 제1부 물처럼 살거래이(18편), 제2부 익어야 만날 수 있단다(18편), 제3부 님이시여(18편), 제4부 아시나요(18편), 제5부 매화차 나누며(18편), 제6부 흐르고 흐르다(18편) 등 전체 108편으로 나누고 있다. 서문 또는 추천사를 의뢰받았으나 독자 편의를 위하여 짧은 작품해설을 겸하고자 한다.

사족을 하나 붙이자면 대한민국은 일제치하의 질곡과 6.25전쟁의 참화를 극복하고 단기간에 민주화와 산업화를 이룩하여 세계 10대 경제대국으로 부상한 모범국가이다. 또한 IT강국으로서 문화, 경제, 국방, 과학 등 사회전반의 혁신은 물론이요, K-POP과 K드라마, 한복과 한국음식 등이 세계 문화를 주도하기에 이르렀다. 국방분야에서도 세계 6위권의 군사대국으로 부상해 세계 최강의 K9자주포, K2전차, KF21

전투기와 각종 첨단미사일, 전투함 등을 건조해 수출도 하고 있어 고무적이다.

이러한 한국의 국제적 위상에 걸맞도록 한국문학도 변화하고 도약할 필요가 있다. 세계 최고문자인 한글을 현창하고 그 한글로 창작한 한글문학이 세계 독자를 대상으로 확산되도록 번역사업을 확충하는 등 세계문학을 주도하는 K문학이 되어야 하지 않겠는가.

필자가 국제PEN 한국본부 35대 이사장으로서 'PEN번역원'을 창립하고 매년 5억 원씩을 지원받아 네 차례나 세계한글작가대회를 개최한 것도 이런 맥락에서였다.

각설하고 추천사를 청해 온 김말분 시인의 이번 시집으로 돌아가 보자.

통상적으로 한국시를 '말하는 시'와 '보여주기 시'로 대별할 때 이 시집은 그 중간 언저리에 걸쳐 있다. 말하는 시는 18~19세기 서양의 라이너마리아 릴케, 하이네, 브라우닝류의 감성을 자극하는 낭만적이고 서정적인 사랑시들에서 찾을 수 있다. '보여주기 시'는 근대 모더니즘에 영향을 받아 시를 일일이 설명하지 않고 비유와 상징 등의 언어 표현으로 한 폭의 그림처럼 보여주는 기법이다. 오늘날 시대가 발달하고 첨단매체들이 각광을 받을수록 인간의 감성은 메마르고 극도의 개인주의가 성행함으로써 군중 속의 고독, 거친 심성, 실용과학 만능주의가 팽배하게 된다.

문학은 시대를 비추는 거울이다. 첨단문명과 복잡한 시대를 반영한 난해한 현대시가 판치는가 하면 이에 대한 반작용으로 김소월, 윤동주, 김영랑 풍의 시들이 꾸준히 일반 독자

들에게 사랑받는 연유도 간과할 수 없다. 어느 유파가 옳고 그름을 떠나 천차만별인 것은 독자들의 취향이요, 독자들이 각기 취향에 따라 선택할 수 있도록 다양한 작품들을 생산공급하는 것은 시인의 몫이다. 김말분 시인의 여러 작품중 어느 것은 말하기 식의 진술과 어느 것은 보여주기 식의 메타포어 작품이 혼재되어 있다고 본다.

　이번 시집 제목《시절인연을 나누는 꽃길에서》는 독실한 불교신자인 김말분 시인의 개인적 취향에서 따온 듯한 '시절인연'과 속세의 행복과 아름다움을 대표하는 '꽃길'이다. 김말분 시인의 이번 시집을 한 마디로 요약한다면 '불교적 사유를 바탕으로 한 인연과 일상적 서정'의 세계라 할 수 있다.

　여기서 불교의 핵심 교리를 상론할 지면은 없지만 상식적인 몇 가지를 언급하면, (1) 3법인(三法印): 선인선과, 악인악과, 자인자과. (2) 4성제: 고집멸도(苦集滅道). (3) 5온(五蘊): 색(色) 수(受) 상(想) 행(行) 식(識). (4) 6상(六相). (5) 8정도(正道). (6) 12연기설(緣起說) 정도를 상기하며 이번 시집을 감상했으면 한다. 그중에서 김말분 시인이 시집 제목으로 '인연'을 강조한 것을 보면 이번 시집의 전반적 분위기를 짐작케 한다. 필자가 우연히 한국불교문학사에 들렀다가 김말분 시인의 이번 서문을 쓰게 된 것도 이런 인연의 소산이다.

　불교의 교리가 심오하고 다양하지만 기독교신자인 필자가 상식적으로 생각하는 불교의 핵심은 '자비'와 '중도사상'이 아닌가 한다. 불교의 '자비'는 기독교의 '사랑', 유교의 '측은지심'과 상통하지만 각기 다른 이름들이다. 이것은 인간의 실생활뿐 아니라 모든 예술작품의 영원한 단골 주제이다.

이런 이론적 배경을 전제로 김말분 시인의 몇 작품을 감상
해 본다.

빈 연밭에 하늘이
눌러앉아 노닐고
돌섬에 돌이 된 거북이는
숨소리도 감추고
안으로 안으로

새벽 범종소리에 눈뜬
법고 장단에
작은 꽃들
크게 웃고
오백 살 느티나무
역사를 읽어주다
연둣빛 하품
늘어지게 한가하다

모란은 큰 등
금낭화는 초롱등
산은 산에게
물은 물에게
구름은 바람에게
전하고 있더라

천상천하유아독존
　　　　－〈奉先寺의 봄〉 전문

남양주 봉선사는 서기 969년 고려 광종 때 창건한 절로 처음엔 운악사로 부르다 세조의 능을 이곳에 옮겨 광릉으로 부르고 이 절 이름을 봉선사로 불렀다고 한다. 김말분 시인이 전국의 많은 사찰중 봉선사의 봄을 시화한 것은 나름대로 의미가 있다고 본다. 연밥, 연꽃, 범종, 법고장단 등 일반적인 사찰

풍경을 객관적 상관물로 제시하지만 거기서 인생의 의미를 천착하고 있기 때문이다. 특히 조카 단종의 왕위를 찬탈한 수양대군 세조의 인간적 권선징악과 정치적 패륜이 5백년 느티나무의 증언으로 이 시의 행간에 역사적인 배경으로 제시되고 있다. 봉선사의 봄은 이런 역사적 사건을 뛰어넘어 그저 한가롭고 아름다운 사찰풍경이다. 김말분 시인은 이것을 담담하게 지켜보면서 인간사 덧없음을 "천상천하 유아독존"이란 부처님의 본모습으로 결론짓고 있다. 김말분 시인의 불교적 사유로 인한 당연한 귀결이다.

만나도 그립고
못 만나면 더욱 그리운
그대와 나

땅 위 어디쯤
올곧게 피우려
사랑 하나 심었더니
긴 모가지 지치도록
소식 몰라 울며 가네

하늘 아래 어디쯤
기다리고 있으리
인연뿌리 하나인데
분홍빛 남모르게
타는 속앓이

푸른 시절 잊으리라
잊으려면 더욱 선명한
그날들 그리고 오늘

- 〈相思花〉 전문

　상사화는 한국이 원산지인데 잎이 필 때 꽃이 없고, 꽃이
필 때 잎이 없는 관계로 애틋한 사랑과 그리움과 이별의 표상
이다. 김말분 시인은 상사화를 제재로 만나도 그립고 못 만나
면 더욱 그리운 아이러니를 시화하고 있다.
　인연의 뿌리는 하나인데 남모를 속앓이의 운명을 역설적
으로 노래하고 있다. 이 시집에 실린 108편의 작품중 대부분
이 정신적 바탕은 불교적 사유이고, 시적 제재를 일상에서 건
진 서정시들이다.

까불락지 연이 허공을 돌아
강물에 떨어져 흘러가 버렸다
얼레만 안고 우는
언니보다 더 두려워
나도 울었다
아버지의 강둑에서

보이지도 않으면서
끈끈하고 질긴 끈
情만 안고 우는
엄마보다 더 뒹굴며
나는 울부짖었다
아버지의 그 바닷가에서

보살님 자락 끝 내린 닻
노을빛에 끊어진 끈
소리 없이 산이 우는
마른 눈물 바람으로
나는 울지도 못한다
아버지의 고향 뒷동산에서
- 〈끈〉 전문

  옛날 시골 태생이라면 연날리기 추억 하나쯤은 누구나 있
을 것이다. 이 시는 연날리기의 추억을 실감나게 그린 수작
이다. 매서운 겨울바람에 연실이 끊어져 하늘로 날아가거나

강물에 곤두박혀 흘러가버린 안타까움과 아쉬움과 서러운 감정을 어찌 말로 다할 수 있을까?

　까불락지연과 연줄과 연자세와 연날리는 주인공이 주체와 객체로서 혼연일체가 되어야 무탈한 연날리기의 즐거움을 만끽할 수 있다. 그러나 연줄이 끊어지는 순간 모든 인간적인 인연의 끈도 끊어지고 만다. 연날리는 언니와 끊어진 연을 지켜보며 울부짖는 화자와 엄마와 아버지는 혈연이라는 인연의 끈으로 맺어져 있다. 아버지의 그 바닷가에서 불교적 보살님의 닻자락에 뿌리내린 산과 바다가 울지만 나는 울지도 못한다. 그리운 고향 뒷동산에서 이제는 돌아가시고 없지만 아버지와의 인연의 끈도 희미해지기 때문이리라. 우리 인생사가 그러하듯이….

　김말분 시인의 세 번째 시집 상재를 축하드리며, 추천사를 겸하여 몇 편의 작품을 주마간산격으로 살펴보았다. 불교적인 사유를 바탕으로 한 일상의 제재에서 때로는 가볍게 때로는 무겁게 인생론을 시로 설파하고 있다. 지면관계상 더 이상 언급을 생략하지만, 아무쪼록 이 시집이 독자들의 사랑을 받고, 김말분 시인의 문학과 인생도 더 한층 진경 있기를 축원하며 글을 마친다.

손해일 _ 1948년 남원 출생. 서울대 졸업. 홍익대 대학원 졸업(1991년 문학박사) 『시문학』 등단(1978년), 시집 《떴다방 까치집》 등, 평론집 《심리학으로 푸는 한국현대시》 등. 대학문학상(서울대), 시문학상, 소월문학상, 매천 황현문학대상, 한국비평가협회 평론상 등. (전)한국현대시협 이사장, 한국문협 이사, 서초문협 회장, 시문학회장, 농협대교수, 홍익대 강사, 농민신문 편집국장, 세계한글작가대회 총괄대회장(3,4,5,6회) (현)국제PEN한국본부 명예이사장(35대 이사장 역임), 한국문협 자문위원, 한국현대시협 평의원, 서초문협 고문, 서울대 총동창회 이사, 대림대 평생교육원 주임교수 등 이메일 88sohn@naver.com

차례

시절인연을 나누는
김말분 시집 꽃길에서

제2부 익어야 만날 수 있단다

차례

제**3**부 님이시여

시절인연을 나누는
김말분 시집 꽃길에서

제4부 아시나요

차례

제 5 부 매화차 나누며

제6부 흐르고 흐르다

諸行無常
蘭草無我
甲子晚秋
烽山凉

제1부

물처럼 살거래이

시절인연을 나누는 꽃길에서

西로 향해 앉았어도
마음이 東으로 향하면
동해 수평선 위로
해 떠오르고
온누리 밝아지더라

삶이 울적해 누웠어도
시절인연을 나누는 꽃길에서
마음 일으켜 세우면
합장 감사기도
108배 하더라

늙어 산책길
뒷사람 모두 앞질러 가도
마음이 찾던 꽃을 만나면
어느새 나도
날개 펴고 날더라

가을 새싹

여명 속을
홀로 걷노라면
풀벌레 소리
오케스트라 한 소절
지휘봉 잡는다

계절은 무심타만
언제나
지금부터다

낙엽의 숙제도
노오란
새싹이었구나
나도
그러하다

흔하디흔한 것들로

가을 오는 약속에
밤잠 설친 풀벌레
늦잠 든 아침에
단장하고 나선 길
동행하는 풀꽃들
반겨주는 행운까지

물길 따라 머물러
절로 자란 버들가지
참새가족 합창에
버들버들 춤추는
흔하디흔한 것들로
세상은 귀한 터전
흙수저 가피가
감사를 더한다

부엉이 우는 밤

가을이 가부좌하고
앉은 바위
무지갯빛 향내음
선정에 든다

떨어지는 이슬방울
어이 멈추랴
굳은 아쉬움
그날처럼 그립다

투명한 별들
스스로를 태우고
밝음을 보태려
범람하는 물결 속에

더 밝은 아침을
모시기 위하여
진언 따라 헤아리는
부엉이 우는 밤

사람아

時節因緣 會者定離 哀苦之情 去者必返
(시절인연, 회자정리, 애고지정, 거자필반)
만해 한용운 님의 글귀가
늦은 나비 쑥부쟁이 꽃에 쉬어가듯 나부끼고
여름 한철 성성했던 굴참나무 잎들
티끌 되어 사라진다

사람아
너무 그리 서두르지 마라
인연 다하면 아침 이슬인 것을…
미쳐 날뛰던 비바람도 옛이야기
부엉이 울음도 그친 새벽
풀벌레는 지새워도 남은 슬픔을
온 세상 도배할 작정인가 보다
쌓아두고 목마른 갈증은 알아볼 일이더라

사람아
너무 그리 애태우지 마라
누구의 뜻인지 모르게 왔다가 또 가야만 하는 길
그 길 위에서 씨줄과 날줄로 만나 우리가 된 너와 나

미루나무 아래 정답을 두고 가는 바람은 없더라
그늘에 기대어 그냥 쉬었다 가자

사람아
보이지 않는 것들이 우리를 지배하고 있구나
목청껏 물어봐도 내 몫이 무엇인지 메아리도 없었잖아
누군가의 시린 밤을 찢어지게 울어대는 풀벌레
어쩌자고 작정해도 어쩌지 못하는 흐름에
감사하며 촛불 켜는 주인이 되자

바라정

바다가
바라보다
쉬었다 가는
바라정

흐르는 찻물에
마음 씻으면
연잎 위에
思惟 自在하고

깊은 숨결에
마음 넉넉해지면
서산 노을도
차향에 취하네

한 모금 삶에
마음 나누다 보면
차의 길에
님과 동행이더라

하필이면

섬이 된 바위틈
하필이면
한 점 먼지 속에
뿌리 내렸나
작은 소나무

밤하늘 별똥별
하필이면
내 뜰 안에
떨어져
그대가 되었나

억겁의 인연
하필이면
무심으로 피고 지는
꽃길에
속절없는 바람으로
동행이 되었나

그저 그러하지요

살아보니
어떠하던가요?
스승님 물으시고
답하시었다
그저 그러하지요
부모님 속눈물
알아차리지 못하고
세상 다 아는 양 살았었지요

살고 있는 지금
어떠하던가요?
스스로에게 묻고
스스로 답하다
그저 그러하지요
낙엽 물드는 시련
알아차리지 못하고
꽃인 양 집착에 매달렸네요

살아갈 날들
어떡할려구요

누군가 물으시면
대답하리다
그저 그러하지요
本來無一物 뜻을 가까이
以心傳心 한 송이 미소
연꽃 받아 지니게 하소서

호수

이미 고인 세상
눈물이었다고
호수는

돌팔매 떠난 파문
남은 업(業)으로
새끼손가락
마디마디
흔적을 뒤적인다

찢어진 지느러미
뜬눈으로 출렁이고
가라앉은 불신(不信)
천년의 불꽃으로

이미 사라진 포말(泡沫)
무상(無相)이었다고
호수는

조각춤만 거하는가

사립문 활짝
열려 있는데
짚신만
기다린다
고집 한 칸

무거운
이름타령
희희낙락
새끼줄은
꼬이는 쩝

질긴 꼬리
어디까지
바람 머문 터에
조각춤만
거하는가

황금빛 언덕을 향한 미얀마

태양을 먹고 자란
황금빛 불변의 미소
미소로 하나 되는
맨발의 가르침

다나카 분칠로
흙빛 강물을
닮은 사람들
론지로 단단히 묶은
한결같은 남자의 약속

푸른 삶의 긴 꼬리표
자비를 기다리는
보리수 잎들
부채질 위로도
내려놓은
이미 큰 그늘

먼지로 살찌우던
어린 시절 시골장터

미얀마에 옮겨놓은
덤을 주는 향수의 흥정
껍질째 먹어도 행복한
미얀마 사과 맛

대나무 엉성한 지붕
우주가 넘나드는
넉넉한 기원
황금빛 언덕을 향한 미얀마
라파이예 한잔의
따뜻한 그리움 남는다

간월암(看月庵)

찬물 때 간물 때
朝夕으로 실어오고
실어가는 달빛
無心은 한결같은데
끼럭끼럭 모난 울음
물결 탓하네

간월암 님의 미소
파도를 조각하는
손길 여여한데
오고 가는 바람 홀로
웃고 울더라

눈꺼풀 열리고
닫히는 순간
다만 한 점 티끌인 것을
천 갈래 만 갈래
어리석고 부질없어라

공존의 법칙

작은 꽃 속에
우주가 있고
우주 가운데
내가 홀로 존재하더라

모자라지 않고
넘치지 않는 것
가을이 눈부신 까닭이란다

마음 흘러 한결이면
떠난 너 꽃이 된 사연
갈대 하얀 바람인 줄을

아직 덜 익은 시간도
익어 영 이별인 공간도
무심차 한 잔 나누는
공존의 법칙

국화

푸른 하늘
단풍무늬 찬란할 때
흙으로 돌아간
윤회의 숨은 이야기로
마법인 양 젖어오는 鄕愁

초가 울타리, 장독대 그늘
외양간, 뒷간, 헛간
자라면서 친해진 국화
엄마 냄새와 꽃향이
한땀 한땀 짜여진
설빔 노란 공단 저고리

사진 속 어린 동생 언니들
흙먼지 아랑곳
책 보따리 친구들
국화 송이송이 웃고 있는데

아쉬움 후두둑
빗방울 아니더라

아뿔싸!

하루 지난 듯
辛丑年(2021년)은
십 년을 데불고 홀쩍 떠나네

산바위 마른 눈물
비오듯 하고
강물 젖은 눈물
바람 불듯 하네

꽃들이 주는 마음 물들인
깃발은 무언으로 넘실대고
별과 함께 떠나야 한다는 꿈
그 길은 얼마나 멀까
손꼽아 보네

아뿔싸
나눌 꽃잎 시들면
기다림도 잊을라
봄도 잊을라

물처럼 살거래이

시월 두둥실 달빛이
말씀으로 가라앉은
물길을 함께 걷는다
물처럼 살거래이…

산다는 것은
물을 만나는 일이다
벅차면 넘어가고
부딪치면 피해 간다

물로 물을 씻고
물에게 물을 먹이며
아래로 흐른다마는
하늘에 닿는다

안심시키고 다독이다
사계절 만물을 담아
때로 함께 울어주는
물처럼 살거래이…

밤새워 저리도 짖어댈까

시월 보름 휘영청
밝은 상달 아래
목이 쉬는 절집 누렁이
사자바위 알터에서
불러 모은 천신들이
외마디 소리만으로 눈이 슬픈
개로 태어난 전생의 업을
은근한 조명으로 상영해 주나 보다

사람과 멍멍이 사람과 움메
가족이 되는 이유
의심찮다 하더라만
무슨 업보로 山도 울리며
밤새워 저리도 짖어댈까
개보다 못한 사람
소보다 못한 사람
살맛나는 미소가 아픔이 될까

님이 태어나기 전
본래 우주였던 묘법(妙法)

본래 묘법이었던 우주(宇宙)
전과 후가 다름 아닌 시방인데
지고 가나 안고 가나
결국은 心줄 한 가닥
밤새워 짖어대는 절집 누렁이
아스라이 외줄타기

조금이라도 더 예쁠 때 자주 만나자

우리들은 해방둥이
반갑게 만나 행복한 하루
헤어지며 내일이었던
오늘 아침
친구의 문자를 읽는다
"조금이라도 더 예쁠 때
　　　자주 만나자"

나뭇잎들 곱게 갈아입고
초대한 바람에 안겨
한바탕 허공놀이 피날레
가을빛 부신 날
"조금이라도 더 예쁠 때
　　　흥겹게 춤추자"

참 얄궂은 심사라니
익은 감빛 루즈로 웃음꽃
입가에 피우며

떫은 허물 다 가시고
속이 찬 단맛의 하늘이란다 친구야
"조금이라도 더 넉넉한 가슴으로
　　　자주 만나자"

제**2**부

/

익어야 만날 수 있단다

화두(話頭)

오래 된 갈피들
바래이고 있는
숲속에 앉아 윤회에
뫼비우스의 띠를 두르고
차원의 높이를
높이고 있는 교수님

활자는 비대하여
낮은 목소리 잦아들고
자신도 알 수 없는
메아리의 순결
결 따라
쉼표 줄줄이
하나뿐인 모호함

몽롱해진 타협
활활 타오르는 숲속
가을 어느 날
소멸의 빛을 위해
화두는 자꾸만

강물에 흐르고
흐르는 듯 머문
풀꽃 한 송이

대전역에 내려 울고 가거라

물 가운데 살며 물인 줄 모르듯
가을 가운데 살며 가을인 줄
알아차리는 데 세월 많이도
흘렀습니다

'많이 보고 싶고 그리워요. 아버지!
저도 이제 늙어가나 봅니다'
누가 보내준 항간의 문자 받고
갑자기 차창이 흐려지네요

이십 수년 전 자정이 가까운 대전역
서울 차편은 전혀 없다는데
불량스런 눈초리들 무섭고 난감하여
갈 곳 없던 미아

문득 "잦은 병치레 밤새 업고 키운
착하고 공부 잘하던 우리 분이가
혼자 자식 키우랴 먹고 사느라 저리
헤매다니, 어찌 할 바 모르고 있구나"
하늘에서 내려다보며 염려하시는

내 아버지 목소리
가까스로 근처 암자로 가는 택시 안에서
흐르던 눈물, 멈추지 못하고
날이 밝았습니다

아버지 가실 때보다
10년 더 먹은 나이
대전역 멀어지는 열차에 앉아
아버지가 눈물방인 줄 알아차리는 데
세월 많이도 흘렀습니다
저도 이제 깊은 가을입니다
아버지! 아버지!

대전역에 내려 울고 가거라

김말분 시집

구수수 바람 떨어져

쓸던 빗자루 짚고
허리 펴 하늘을 본다
언제 저리 푸르고 맑았던가
새하얗고 눈부시었던가

구수수 바람 떨어져
주름진 손등에 젖는데
노송 그늘 저만치
쑥부쟁이 늦어도 꽃이란다

햇살 벗하는 한나절
아까운 낙엽 갈피마다 소중히
그대 정녕 미운 날 오면
겉마음 속봉투에 고이 접으리

익어야 만날 수 있단다

툭 툭 익은 도토리
귀향의 소리

因과 緣의 계절
감내해야 했던
아픔으로 피고 지고

들뜬 세계
투성이로 흐르다
알아차린 빛

열린 문
찾아보는 주인
익어야 만날 수 있단다

불협화음(不協和音)

찻잔도 잊은 채
한 걸음 인색한
타협의 침묵이
등의자에 기대어
마냥 멈추었다

온기도 향도 사라진
찻잔은 이제
빈 잔으로 남을 일
입김으로 데워 보는
미련 같은 불협화음

가을 하늘에 수를 놓아봅니다

가을이 외롭지 않음은
내 안에 나를
만날 수 있으니까요

가을이 서럽도록
외로운 것은
기다림이 기다려도
오지 않으니까요

푸르고 더 높아 맑은
본래 하늘에
수를 놓아봅니다

한 자락 가져와 이불 삼으면
해맑은 웃음으로
오시는 꿈길
그대 만날 수 있으니까요

하늘길 열리고

2020년 7월 26일(음 6월 6일)
49일 머물다
아주 가시는
하늘길 열리고
푸른 햇살 눈부시어
연꽃잎 활짝 펴고
손차양 하더이다

흰 구름 두둥실
먼~ 서쪽 나라
生死가 둘 아니듯
愛憎 또한 둘 아님을
仙筆로 올리시고
상으로 꽃비 받아
내려주시옵기를…

나 그대 내리신
꽃비에 젖어
눈물 없는 꽃으로
다시 만날 그날까지
피고 지고 하리다

꽃 · 1

하릴없이 쓸쓸해지거든
꽃 찾아 가보렴 친구야
고운 미소로 기다리고 있단다
언제나

마음색깔 무엇이나 다
서로 나누며
울기도 하고 웃기도 하지
동색으로

친해져서 이름 부를 쯤
온 우주와 모든 예술혼이
그 속에 있음을 알게 된단다
삶의 진리도

모두 떠나 외로워지거든
꽃향에 젖어보렴 친구야
나도 닮아 꽃으로 다시 핀단다
자연으로

꽃 · 2

별똥별 떨어지던
여름밤 내 어린 축복을
70년 세월 뒤
더 큰 파문으로 알리는
꽃이 피고 있다
송이 송이

포기와 그렇지 못한
지루함 때문에
아무도 말할 수
없었나 보다
기다리고 있었다고
꽃이 들려주기 전엔

깨어 있는 순간
꽃은 꿈을 꾸고 있어
다행히 그릴 수 있는
만다라
시작과 끝이 없어
볼 수 없었던 세계를
알 수 없었던 우주를

꽃들의 허들링(huddling)

태초엔 꽃들의 허들링
꽃잎은 서로의
체온을 나누며 피는
아픔의 소용돌이

척박한 땅을 일구는
화전민처럼
영하 50도 극한의 땅
펭귄이 선택한
생존의 지혜

나를 버릴 때
소멸이란 영원히 없다
전체는 하나이고
하나는 전체이기에…

찬란한 계절의 축복은
우리가 되는 본래면목
온 우주는 한 송이 꽃
꽃들의 허들링

도라지

도라지타령 부르던
교포 2세
도라지가 뭐냐고 물었단다

다음날 같이 걷던
어느 가게 앞
허름한 화분에
흰 도라지 한 송이

하얀 수건 머리에 쓰고
가마솥 뚜껑 열면
김에 서린 엄마 얼굴
울엄마가 웃고 있었다
기적이었다

도라지 꽃 피고 있는
이랑이 멀어지면
엄마 치맛자락 놓은
해질녘 기다림처럼
눈길은 자욱자욱 머물고

하얀 빨래 위에
파랗게 언 엄마손
울엄마가 손짓하고 있었다
기적이었다

도라지타령 부르다
눈을 뜬 나는
울엄마보다 더 할머니였다
기적은 꿈이었다

꽃바람 선물

아주 옛 사람들은
나무 그늘 아래에서
나뭇잎 바라보며
손부채였을까

빈 부채에 꽃그림 그려
꽃바람 선물
서툰 솜씨에도
고마운 웃음
더 귀한 선물
받는 행복

바람의 길에
꽃들이 손 내밀면
햇살이 한 줌씩
색깔을 준다지요
아픈 시간만큼
향기롭게

꽃바람
신바람 불어
넉넉한 여름날
웃음꽃 피네

시드니(호주)에서

비좁은 질곡의 골목길
바닷바람 설레이고
외로운 숙제의 뒤안길
가로수 어깨동무 하네

유칼립투스(Eucalyptus Tree)
기다림의 세월을
벗고 있는 가지 사이로
산맥은 청춘으로 머물고

시공(時空)의 동색
사랑노래
새들이 먼저 우주의
아침을 여는 시드니

피고 지는 꿈들은
언제나 빈 그릇이 지켜준
하나의 뿌리로 자라는
오늘이 바로 훗날
돌아온 '나' 인 것을…

으뜸의 슬픔

곧고 밝은
외길이려니
믿고 들어선 길
갈래갈래
뿌리 깊은 돌멩이에
넘어지고
질퍽한 갯벌에
빠져 만신창이(滿身瘡痍)
자신을 스스로
용서할 수 없는
으뜸의 슬픔

너 자신이 변하면
우주가 변하느니라
지치도록 노저어도
언덕은 멀~리
클로버 꽃 한 움큼
향에 기대어 보는
강나루
흘러 넘치는 건

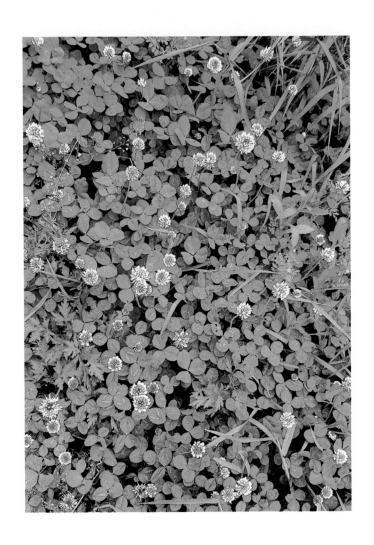

잠깐이라 알면서
돌아서지 못하는
으뜸의 슬픔

부메랑

나그네 눈길 주던
푸른 동산
커다란 발톱 세운
포크레인에 허리 잘리고
살던 식구들
혼비백산(魂飛魄散)
아비규환(阿鼻叫喚)
아 선혈이 낭자하다

까마귀 까악까악
포식자의 검은 울음
지렁이 숨통마저 막아놓고
번들거리는 인간에게로
부메랑 독사눈이다

동산의 살과 뼈
수억 년 공생의 나이테
흔적 없이 사라져도
먼지 속에 숨었다가
다시 돌아가리라

칼자루 쥐었다고
탐욕의 서툰 칼날
함부로 휘두르지 마라
유정무정 영혼들
부메랑 되어
너에게로 정조준
오차 없이 향하리라

참깨꽃 피는 계절에

시원스레 내리지도
못한 채
어설프게 떠다니다
사라질 바엔
히얀 꽃으로나
빚어 주옵시길

산정(山情)에 겨운
흰구름 꿈밭에
고순 이야기
사랑으로 오는 사랑
하양하양 꽃으로
송이송이 설레이네

참깨꽃 피는 계절에

8월의 숲길에서

숲길에는
초록빛 삶의 향이
치열하다

오랜 꿈속에서
깨어난 찰나가
차마 아쉬워
더 깊은 고요를
찢어 우는 매미

슬픔이 흩날려
냉아초 사랑노래
흔적으로 피는데
우듬지 열린 구름 저 멀리
아 그대 목소리

8월의 숲길에는
무성한 삶의 고독이
처절하다

발리에서

맹그로브(Mangrove Tree)
탐욕의 소태맛을 걸러낸
명경 같은 바닷길

헤어짐이 곧 만남인 것을
서로 마주 바라보는 사이로
드나드는 영원(永遠)
짠디 분따르(Buntar)

하늘과 바다 대지가
무상으로 내리는 축복에
작은 꽃그릇 감사의 손길
짜낭(Canang)

야자나무 바람을 채질한
그늘 같은 눈망울
나누는 행복으로
자신을 대접하는 발리 사람들
잊을 수 없는 미소
선(善)한 발리의 미소

제3부

—

님이시여

도서관 창가에 앉아

파스냄새 가시지 못하는 오른팔
쌓은 책 위에 올려놓고
책의 무게 책갈피 감당이
서투른 왼팔

나의 왼팔 왼손이
나의 오른팔 오른손을
쓰다듬고 주물러 준다

오른손이 왼손에게
고마운 손편지
'답은 안 해도 괜찮아
쓰기는 못하는 줄 잘 알지
그런데 너가 나보다 더
따뜻한 것 같구나'

넓은 도서관 창으로
청춘을 만만히 입은 낮은 산
듬성듬성 돋아나
낮별을 기다리겠다는 바위
남루한 고집을 채색해 보려는
여름날 오후

홀씨 되어

꽃들도 이사를 하네요
경기도에서 강원도로
지난 해 폭우로 다 실려갔나
소식 궁금했는데

높은 산 깊은 계곡
짙은 숲에 헹궈져
간질이는 바람
새들 노래 따라 흥얼거리며
흐르는 맑은 물

지난 여름 내가 낯설어
가눌 길 없던 산책길
작지만 큰 가슴으로
달래주던 이질풀꽃
너무 반가워 눈물이
땀방울이라 둘러댔지요

나도 이사 오고 싶다
멀지 않은 어느 날
홀씨 되어
가벼이

김말분 시집

蓮밭에 나 홀로

숭숭 뚫린 가슴에
고인 눈물을 보셨나요

하얀 연못에
수없이 그린 꽃중
봉오리 옷깃에 간절한 합장
일심이라 하셨지요

연밭에 왔거들랑
연밥집 찾지 말고
拈華微笑 以心傳心
의미를 찾아봐라

高聲念佛 놓지 마라
중생의 아픔
내가 다 가져가마

메아리만 귓전에 출렁이는
연밭에 나 홀로

제비꽃

오래된 툇마루에서
처마 끝 제비소식 궁금하면
파릇파릇 봄밭에 나가
앉아보세요

물 찬 제비로 돌아온
제비꽃이
더 낮은 목소리로
지지배배 들려줄 거예요
허공의 소식과 동침하던
언 땅속의 *妙法*을요

더 가까이
귀 기울여 보세요
애틋한 꽃잎들의 속삭임
심장으로 들어보세요
금방 봄처녀 되어
두근반 세근반 할 거예요

만두레

초벌 두벌 세벌
김매기 끝낸 만두레
발뒤꿈치 하얗게 벗기고
한숨 돌리는 白腫
달력 펴고 찾아보다
문득

임진년 윤5월 모내기 들에서
"사상댁 아들 낳았단다
모춤 놓고 쉬었다 하자"
넷째딸인 내 아래 7년 터울
남동생이 태어났었지

"모야 모야 니 언제 커서 열매 열래
모내기 허리 펴고 한가락 뽑듯
"우리 아가는 何時獨侤이요"
작사작곡 울아버지 아들 자장가

고교생 동생에게 엄마 부탁하고
눈물로 가신 아버지

아~ 울아버지

초년 중년 말년
다 보낸 인생 만두레
머리카락 하얗게 바래이고
지난 날들은
無心茶 한 잔일 뿐
강물은 오늘도 흐르고 있겠지

2021년 2월 23일 일기장

집 뒤 비오톱(biotope/ 수생)
울타리 산책길

어머나! 너였구나
너무 반가워
봄까치 한 송이
딱 한 송이
꽃샘바람에 파랗게 질려
기다려주었구나

들뜬 발길
봄바람 할매 눈길
낮별이 반짝반짝
철문 열고 달려가
모두 만난다
노란 복수초
가까이 내려와
기다려주었구나

어느 세상에도
봄날은 오고
누군가 기다리고 있겠지
먼저 가서 기다리고
또 만날 수 있겠지

노루귀꽃을 만나던 날

응아~
첫 손주 첫 울음소리
뒷산 그 뒷산까지

갸웃 바위 건너
눈을 이고 파랗게 질린
소나무보다 웃자라
온누리 빛으로
무릎 꿇어 벅찬 만남

바라보며 배시시
웃음 위에
봄비 한 방울
연한 눈물이던가요
축복이던가요

통도사 홍매화

봄마실 모두 취해
가누지 못하는 황홀경
미움인지 사랑인지
꽃가지에 걸어두자

처마 끝 풍경
꽃바람에 보채도
어쩌지 못하고
천년을 그 자리

요정의 마술을 어찌 다
전할 수 있을까마는
아쉬움 몇 송이 담고 담아도
뒷자락 당기는
통도사 홍매화

각시붓꽃

연둣빛 하늘길로 사뿐히
발자국 무게를 모르는
낙엽 위에
무지개 꿈을
자줏빛 한 획으로
활짝 그려보는
설레임입니다

전설의 나라
푸른 칼날 곁에
차마 꽃으로 피는
꽃잎 언저리
이슬 같은 눈물로 남아
애틋한
그리움입니다

발길 잦은 산길
길섶에서 살짝 숨어
풀지 못한 옷고름 속에
서둘러 따순 바람 안고

낮은 기도로
기다리는 봄날의
간절함입니다

奉先寺의 봄

빈 연밭에 하늘이
눌러앉아 노닐고
돌섬에 돌이 된 거북이는
숨소리도 감추고
안으로 안으로

새벽 범종소리에 눈뜬
법고 장단에
작은 꽃들
크게 웃고
오백 살 느티나무
역사를 읽어주다
연둣빛 하품
늘어지게 한가하다

모란은 큰 등
금낭화는 초롱등
산은 산에게
물은 물에게
구름은 바람에게

전하고 있더라

천상천하유아독존

꽃이여

한 알의 씨앗 속에
우주가
우주 속에 한 알의
씨앗이
그리하여 무엇이
있고 없고 하던가

호젓이 남은 내 한 뼘
陽地에
너를 만나 물어보네
꽃이여

바람을 저어 훨훨
날기도 하고
강물이 울어 굽이굽이
흐르기도 했단다
꽃이여

노을빛 거울 속에
파문은 거두지 못하고

여울여울하고 있는데
내 봄은 대답 없이
시절만 목이 메이네
꽃이여

너처럼 말없이 질 때
꽃길 동행하자
기별 오려나
꽃이여

사월의 홋카이도(北海道)

겨우내 밀어낸 눈더미
아직 서슬 하이얀데
길섶 낙엽 속
복수초 노오랗게 반긴다

가문비나무 숲
까마귀 울음도 푸른 산길
자작나무숲
눈빛으로 눈부신 눈길
썰매타기 행복한 아이들
바라보면 더 행복한
사월의 홋카이도

가족은 하나의 우주
지구라는 별나라에서
가장 뜨거운 속삭임이다

흙으로 돌아간 것들이
다시 여백의 흐름으로
사계절 사이의 쉼터,

온천(溫泉)

오래된 망각의 신선한 만남

새로운 시작의 황홀한 이별

끈

까불락지 연이 허공을 돌아
강물에 떨어져 흘러가 버렸다
얼레만 안고 우는
언니보다 더 두려워
나도 울었다
아버지의 강둑에서

보이지도 않으면서
끈끈하고 질긴 끈
情만 안고 우는
엄마보다 더 뒹굴며
나는 울부짖었다
아버지의 그 바닷가에서

보살님 자락 끝 내린 닻
노을빛에 끊어진 끈
소리 없이 산이 우는
마른 눈물 바람으로
나는 울지도 못한다
아버지의 고향 뒷동산에서

죽로차(竹露茶)

대나무 소나무
우듬지에 걸린
푸른 갈바람에
어깨 시린 정오

우전(雨前)에
입술 따 간직한
죽로차 한 잔
반가워 나누고
소중해서 나누면
생면(生面)의 인연도
우주를 논하리

서걱이는 대숲
빈 소리
차나무 꽃이
하얗게 피는 소식 오면
그대 열린 문턱에
고이 접은
손편지로 전하리다

치자꽃 피는 뜰에서

피를 토하는
어느 훈장의 가르침
뻐꾸기 한 소절 목청 따라
새들 후렴이 요란한
6월의 아침

한없는 행복의 꽃향에
장미도 함께 취해
아픈 추억 검붉은데
주장자 크게 들고
사자후 법당문 나서더니
묘법으로 출렁이는
치자꽃 피는 뜰에서

여백(餘白)도 익어가는 날
그대 무엇을 채우려
그리 헤매 도는지
버리고 내려놓고 머물면
절로 가득한 6월인데

치자차 한 잔에
감사 한 점 띄우고
참 아름다운 꽃길
걸어왔고 걸어갈 것이라고
박장대소(拍掌大笑)하며 우리도
하얗게 피어보면 어떨까
치자꽃 피는 뜰에서

섬

늙어간다는 것은
나 모르게 내가
가꾸어 놓은
섬으로
돌아가는 것

아침은 늘 새로워
햇살이 그린 수채화
눈부시어
마주보는 바위도
서로 사랑하고 있다

연꽃 송이마다 피는 아픔
한 권의 낡은 소설책
눈물의 페이지도
나누고 싶은 행복

노을 앞에 수줍은 홍조
아직은 아련히 들뜬 그리움
비로소 하늘을 본다

나를 기다리는 별은 어디에…

늙어간다는 것은
님도 모르게
꽃들이 피고 있는
섬으로
돌아가는 것

구름

삼나무 우듬지에
하얀 모자가 된 구름
얼른 폰 카메라 챙겨
올려다보는
순간
빈 하늘만 푸르다

바람이 벗겨갔나
두리번 두리번
흔적도 없다
돋음돌에
털썩 주저앉아
눈을 감아본다

아, 그때사 보인다
내 가슴 속
푸른 강물 위에
흐르지 못하고
둥둥 떠 있었다

님이시여

작은 꽃 속에
티 없는 우주가 보일 쯤
무대 위 산 그림자
홀연히 사라지려 합니다

베갯머리 홀로 젖는
하얀 업의 울타리
별들 중 오직 한별
빛을 안고
내 빛을 안고
새벽을 서두르고 있답니다

본래 없던 상처를
내 몫이라 탐했던
아픔도 가시기 전
나뭇잎 한 점 위해
먼 바다가 되겠답니다

한 고개 만 굽이
간절히 불러봅니다
님이시여!
님이시여!

제4부
—
아시나요

淸淨水로 흙탕물을

산은 무너지고
하천은 넘쳐나
綠陰芳草가 어찌
시절인연 탓할거나

조석으로 펴고 덮은
경 읽는 소리에도
틈새가 허허로워
빗방울 흥건한데
淸淨水로 흙탕물을
씻어보라 하시나요

모두가 부질없다
합장하고 기댄 세월
남은 情은
무엇으로 헹궈야
바람으로 흐를 수가

아시나요

녹음이 넘쳐흐르는
내 6월의 창가에
이름 모를 새들 울음이
달랠 수 없는 흐느낌으로
까닭을 아시나요

쉼표 하나에 멈추어 버린
내 일상의 발자국
배운 말씀 옆자리 불러도
흰 구름에서 빗줄기 쏟아지는
까닭을 아시나요

뿌리치고 가야 하는 시간
경자년 6월의 페이지에
얼룩진 가슴으로 돌아와
작별의 인사가 목메이는
까닭을 아시나요

기축년 6월 8일

6월 8일
경자년 그날은 월요일
기축년 오늘은 화요일
변한 건 아무것도 없고
변하지 않은 것 또한
아무것도 없다

하나의 생은 연극무대
눈물의 사랑이야기
웃음도 사랑이야기
그 중 으뜸인 이별은
기막힌 이야기

맡은 배역에 충실하다
막이 내리고
또 다른 무대
열연하는 배우

마지막 무대
막이 내리고

남은 건 이름 석자
누(累)가 될 눈물마저 거두리다

지금 살아남은 이 자리
간절한 기도 일심뿐
서방정토 극락세계에서
禪定에 드옵소서

껼

오래 전 울엄마 첫제사 시월
시집살이 눈총
업은 아이 뒤로 하고
좋아하시는 군고구마
언제나처럼 사들고 들어서다~
아니야 안 계시지…
군고구마 올리며
통곡하던 큰언니

이름, 전화번호
차마 꿈인 듯해도
지워야 하는데
그대 톡, 문자, 전화
눈 뜨면 확인하는 껼
햇살 뜨거운 아침
슬픔보다 더 아득한 아픔
허 허 허허로움

샤워기 아래 오래도록 서서
내 안의 집까지 씻어 내리길…

스스로 만든 파도 때문에
쉬지 못하는 바다
깊고 깊은 쩹
백팔 염주 어디쯤에
배움도 닦음도
멈춰 버린 초침
흐느끼고 있구나

相思花

만나도 그립고
못 만나면 더욱 그리운
그대와 나

땅 위 어디쯤
올곧게 피우려
사랑 하나 심었더니
긴 모가지 지치도록
소식 몰라 울며 가네

하늘 아래 어디쯤
기다리고 있으리
인연뿌리 하나인데
분홍빛 남모르게
타는 속앓이

푸른 시절 잊으리라
잊으려면 더욱 선명한
그날들 그리고 오늘

山寺에서

문명과 자연이
서로를 배려하여
선지식의 발품을
편하게도 잊는다

사람과 사람 사이
한결같은 흐름이
비로소 쉼하는
산사에서

너와 나는 하나
진리의 뗏목
함께 노를 저어
허물 벗는 언덕으로

계곡 물소리에
염불 삼매도 흘러
잘 여문 가을걷이
唯我獨尊이다

石燈 앞에서

하얀 눈모자 쓰고
발자국도 없는
작은 절 마당에
앉은 듯 서 있는
석등이
내 찬 손 잡아주네

햇살 짙어지면
너 대신 내가 다
눈물 흘려주마

합장 안에 불빛 하나
전해 받고
차마
돌아설 수 없는
석등 앞에서

수련

가을 하늘 내려와
놀고 있는 작은 호수

나도 같이 파란 물속
빠져 놀아요

낮볕이 드레스 뽐내며
나들이 내려와
수런수런 전해 주네요

하늘 사람들
다 잘 있더라고요

새롭고 새롭다

새로운 햇살이 정수리에 앉아
남은 찻잔을 비우고 있다
더 예쁘게 포장한 선물은
또 무얼까
파도에 씻겨 반짝반짝 빛나는
몽돌이었음 좋겠다

숨 막히던 모서리
홀로 울던 모서리
미안하고 부끄러운 모서리
다 닳아 없어져
파도가 미끄러지는
몽돌이었음 좋겠다

새로운 햇살 쉬고 있는
벤치에 함께 앉아
날아간 모서리들
아주 편안한 미소로
고마워하자

구름 한 점 사라지며
푸른 하늘에 메아리
시작과 끝은 하나라고…
삶은
새롭고 새롭다고…

하늘에는 꽃피는 계절

빈 나뭇가지에
하얀 눈꽃 지는 날
햇살 밝은 하늘은
너무 맑고 곱다

산책길 벤치에 앉아
하염없이 바라보노라면
하늘에는 꽃피는 계절
알싸한 향이 내려오네

찬바람 제 설움에 흐느껴
손사래 달래주는 빈손들
하늘꽃 내려오는 날
상기된 침묵의 기다림

돌아돌아 갔으니
돌아돌아 오는 소식
지금쯤 어느 별에서
꽃길 걷고 있을까

해바라기

해바라기는 해만 바라보다
닮아갔고
님바라기는 님만 바라보다
닮아갔었지

씨앗 여물면 고개 떨구고
갈바람 타고 간다마는
바라봄은 봄바람 타고
다시 돌아오더라

해바라기야 나도 너와 같아
인연 따라 가리라마는
바라봄은 가신 님 기다리니
다시 만날 것이니라

선물

닭의장풀꽃
젖은 아침
풀잎 위에 눈물
아니야
빗물인 것을

작은 손짓에
큰 반가움으로
긴 꽃술 끝
노란 봄소식
선물로 받으며

고요한 슬픔인지
아름다운 사랑인지
꽃들의 답으로
채워 볼까
그대 빈자리

내겐 너무 소중한 너

흐르다 만나고
만나서 또 흐르는 因緣
잡은 손 꼭 잡고
강강수월래
바다가 늘 푸른 까닭이다

六根의 모자람에도
꽃은 피고
향기는 자유롭다

뜨거운 그 무엇이
우리를 울게 하고
웃게 하리니
어우러져 더 빛나는 삶
사람이 제일
아름다운 까닭이다

봄까치꽃

언 강물 아래
서슬 푸른 멍에로
지천에 까치울음
숨죽여 흐르다
파르르 눈물로 피는
봄까치꽃

바람에 지친 목도리
고쳐주던 병원 앞
"가는 것 보고 갈게"
다시 못 볼
마지막 인사가 되어 버린
3월의 그날 오후

오래 전 이야기로만
정녕 남을 수 없어
손들바람 흔들어도
모진 가슴 열어두고
까르르 봄노래로 피는
봄까치꽃

不二門

꽃도 實도 다 떠난
빈 나뭇가지에
나이테 짙게 그리며
찬바람 맴돌 때
주장자 허공을 가르며
시작이라 하시던가

통도사 不二門으로
매화향 들고 나면
잠 깬 벌나비
날갯짓 분분할 때
선지식 사자후 더 높이
시작이라 하시던가

시절인연은 언제나 시작
가고 옴이 둘 아닌 까닭
끝이란 곧 다시 시작함이라
새싹을 키우고 가꾸던
거룩한 인연의 약속
꽃길에서 다시 만날
설레임뿐이더라

거듭나다

"생신 축하드립니다" 했더니
"아니고 승려로 거듭난 날입니다"

사전적 의미는
긍정적이고 새로운
모습으로 변화하다

승냥이의 울부짖음은
산이 묻어주고
뻐꾸기의 울음은
산이 산에게
그칠 줄 모르고 전하더라

빈 커피잔에
별 하나 떨어지고
떨어지는 별을 모아
허허 웃는 바다가 되는 날
내가 거듭나는 날

그래 부탁해야겠구나
흰 국화 말고
꽃다방 화분에 남아 정 주는
저 빠알간 국화로
축복해 주기를…

메꽃

내 안에 멈추지 못하는
빗줄기
메꽃 앞에서
거두어 볼까

2020년 3월
지친 머플러
다시 고쳐주던
병원 현관 앞
"먼저 집에 가라"
헤어지던 그날이
아~ 마지막

산이 무너져
강물도 말라 버려

갈대꽃도 되어 주고
넝쿨꽃도 되어 주는
메꽃 앞에서
내게 와

답이 되어 주렴

하염없이 오는 비
속절없이 어디로?

사랑이란

곧 떨어져
흙이 될 줄 알면서도
곱게 물들어가는 나뭇잎

함께 흘러야 할
운명인 줄 알면서도
한 걸음 한 걸음
나를 뒤로하고 앞서던 바람

오직 한 사람만 보이던 서울역
오지 않는 기다림에
모두가 그 사람으로 보일까
두려운 서울역

물들 때 미운 바람
흐를 때 미운 파도
돌아설 때 미운 설움

동행하지 못하는 길 위에
지울 수 없는 얼룩들 짙어져
情으로 피는 꽃이름
사랑이라 할까

제5부

매화차 나누며

뻐꾸기는 목이 쉬는데

산울음 강물 되어
소리 없이 흘러가도
뻐꾸기 울음
산이 되어
이산 저산 따라우네

"없으면 간 줄 알아라"
얼른 뒤쫓아 가면
저만치서 기다리고 있었지요
언제나

하늘가 어디쯤
기다리고 있을 줄
알고 있답니다

"너가 무얼 알아
내 마음은 하늘이나 알고
땅이나 알지"

하늘도 땅도 몰라주는

뻐꾸기는 목이 쉬는데
흐드러진 밤꽃은
구름 되어 전하네
나는 나는
어쩌라고 어찌 하라고요

봄이 앉으면

논두렁 밭두렁에
나도 함께 자랐던
홀쩍이 봄이 앉으면
자꾸만 나서고 싶어진다
쑥 캐러 나물 캐러

대지의 이불 덮고 겨울 지낸
여리고 부드러운 연둣빛
낮고 작은 꽃들의 미소
마른 덤불 고집들이
숨을 곳을 찾는다

늙어 정 깊어지는 친구처럼
따스한 햇살 옆자리하면
쑥떡쑥떡 김 오르는 내음
님이 반기며 마중 나오실
또 다른 그곳
하늘가 어디메?

노루귀

체온 가신 지
오래된 덤불 속
뜨거운 열기 하나가
문득 솟았다

반가움에 내가 먼저
산도 따라 외마디
아, 꽃이여
노루귀여

가늘고 긴 목을 뽑아
작고 여린 미소로
서둘러 만나야 하는
누구였던가

바라만 보아도
나만이고 싶은
눈물의 귓속말
봄은 약속 잊었나

재채기 같은 거란다

꽃길을 걷는다
꽃향을 마시며
마침내 들려온다
귀에 익은 목소리들
꽃바람으로 돌아와
먼저 간 까닭을

그리워서 걷는다
꽃이었던 시절
날마다 봄날이었지
무지개 꿈들
꽃빛으로 돌아와
피었다 지는 까닭을

아픔까지도
아름다운 인연
가고 옴이 다
재채기 같은 거란다

대박이다!

이른 아침
화분에 물을 주다
나도 모르게 외친다
대박이다!

통일 된 것도 아니고
복권 당첨도 아닌데
옆에 선 배롱나무
초록 웃음 실없다

채송화 참새부리 봉오리
사다 심은 지 사나흘
노랑 분홍 다홍
겹겹으로 피었다

더 많이 심어 볼까?
만족할 줄 알아야지
휘파람새 저도 따라
정말 대박이란다

그늘

아카시아 꽃
연둣빛 향
그늘에 누워
홀로 서기 조건 없이
버티던 시절이
선명히 드리워
하늘 무늬 된다

안개 속 보이는 것
또 다른 안개
해답과 책임
마른 열기를
식혀 줄 그늘은
없더라 어디에도

덜커덩 덜커덩
흙먼지 돌부리에
안간힘으로 버티며
여자인지도 잊고
나이도 잊고

끌어야만 했던 달구지

모두 떠난 오늘
연둣빛 님의 미소
눈물로 감사하며
영원히 잠들고 싶은
그늘에 초대 받는다

내가 꽃 보듯

나뭇잎들이
하늘 바람 되어
바라보더니
오늘 문득
땅 그늘 되어
바라보네

하늘 바람 사이로
땅 그늘 사이로
소리 없이 내리는
햇살자락 먹고
외길 먼 향기로
꽃이 되어 만났네

내가 꽃 보듯
그대 나를
볼까마는
피고 지는 세월이
한 송이 정(情)이라
몰랐던 이름으로
이미 동행인 것을…

매화차 나누며

봄비에 젖은 너와
침묵 가득
찻잔 채운다

차향이 우리 사이
알송하게 밀어 놓고
돌아앉듯 마주하며
꽃잎만 세어보나

서로를 못 본 채
자신도 못 본 채
빈 잔엔
봄비 한 방울

아니라고
우겨 봐도
그래서 소태맛일까
바다는

매화차 나누며

매직 아워(Magic Hour)

외람되이 자리 잡은
개천가 잡목 숲에
씁쓸하게 돌아가는
주인 잃은 세상사
참새떼 재방송 중이다

식상한 포말
오염된 이름 때문에
질긴 꼬리붕어떼
떠날 듯 기다리는
빈 화두 배부른 백로

햇살이 그림자 만들기 전
아주 작은 몸짓과 미소의
색깔을 찾아서 담아야 한다
봄까치, 별꽃, 광대나물
냉이꽃, 괭이밥, 용담 등등
이름 잊어도
활짝 반겨주는 큰 행복

내 삶의 어느 한 시절
무심코 살아도 고옵게
남기고 싶은
매직 아워

궁시렁 렁시궁

꿈길에 슬그머니 내려
궁시렁 렁시궁 봄비
인시(寅時)를 알린다

새벽예불 법당 나서면
초저녁 홀쩍이던 소쩍새
어디에서 밤잠 설쳤을까
빛살무늬 커튼 사이로
작은 방 기척 없이
달빛 먼저 와 살피고 있다

칠순 봄날 교토에서
한껏 멋부린 사진
문득 얼마나 더 이 세상
아름다움 함께 할까
5년 전 사진이 된
봄날 아침을 맞이한다

채전이나 갈면서
산길 묻거든 가리켜주고

목마르거든 차 한 잔 나누며
절간 마당 마음도 쓸며
인연 따라 주신 그대로
잘 살고 있다던 선지식의 안부

받은 만큼 주어야 한다며
허덕이다 어느 순간
가야만 하는 아쉬운 길
貪, 嗔, 癡 어쩌라고
내려놓기 어려운데
궁시렁 렁시궁 봄비야

5월엔

마음부터
보내지 못해
머무는 기슭에
연둣빛 향으로
자책의 공간을 채우는
5월엔
첫 울음
그때의 마음

마음 먼저
떠나지 못해
돌아오는 하늘길
연둣빛 햇살
하얀 꽃비에 젖는
5월엔
마지막 웃음
어느 날 마음

작고 낮은 꽃이여

더할 것은 무엇이며
버릴 것은 또 무엇이던가

푸른 하늘 흰 구름
가득 고인 빗방울뿐이더라

발길 잦은 길섶
낫질에 살아남은 꽃이여

미움이란 무엇이며
사랑이란 또 무엇이던가

산소리 청청하던 숲길
짐 벗는 묵언에 갈바람 외롭더라

눈길 부르며 반짝이는
작고 낮은 꽃이여

비로소 너가 나를
대접하고 있구나

인내의 약사발

연둣빛 물들인
명주 치마저고리
진달래 연지곤지
봄마실
나설거나

인내의 약사발
비운 나절에
하품에 겨운 기지개
눈시울 기슭엔
반짝 햇살 앉았는데

유정에
무정을 저어
한 사발 나누면
꽃길에
꽃비 내리고

숨죽인 기다림
연둣빛 바람자락

여미는 꽃잎

일 없이 떨고 있는

가슴인지 무언지…

시샘달 2월

꽃은 잎을
잎은 꽃을
시샘하지 않는데
바람이 꽃을
바람이 잎을
시샘한다네

돌아갈 수 없는
다가갈 수는 더욱 없는
바람끼리 사치하다
깨어진 신뢰
주워 담을 그릇마저
산산조각

상처난 시절이
시샘한다 그러던가
공존의 마음이
시샘한다 그러던가

미니멀 라이프(Minimal Life)

20년 함께 바래인
무지갯빛 실크블라우스
버리자던 욕심마저
버린 날
봄비 그친 밤하늘
벚꽃들 무수히
나에게 쏟아지고

마루 밑 한 켤레 고무신
빈 의자
바람을 그린 듯
하얀 헛기침 사무치게
그리운 날
달그림자 그늘에 안겨
寒氣를 상실한 고독
이마저도 사치라면
버려야 하나

오래 된 이야기에도
새로운 봄 온다는데…

아연실색(啞然失色)

베란다 창으로
하얗게 목련이 피면
이웃들 초대하고
봄소식 나누는 행복
이른 아침 툭툭 소리
아연실색
경비아저씨 긴 빗자루
목련나무 후려쳐
놀란 꽃잎들
하얗게 질려 떨어지고 있다

이제 곧 피면
호랑나비 나래짓에
장관을 기다리는 나리꽃들
어쩐지 허전한 꽃밭
어연실색
자격증 많은 그녀
변명이 더 잔인하게
발목 잘린 봉오리들
나부처럼 길게 누워

흐느끼다 지쳐
말라가고 있다

가을이 오면
노오란 새가 되어
날으는 은행잎들
함께 나부끼며
카메라에 담으려는
아쉬움의 행복도 잠시
아연실색
게으른 하품이 잦은 아가씨
아직은 떠나기 싫은 몸짓을
사정없이 때리고 때려
나목도 낙엽도
할 말을 잊었다

김말분 시집

진달래

진달래꽃 만날 수 있을까
산기슭 둘레길 찾아간다

저만치 아직은 민낯
서먹서먹한 숲가운데
가느다란 가지끝
환상의 여린 요정

내 안에 숨어 연연하던
연분홍 아린 설레임
주름진 손등에 떨어지는
애틋한 그리움

답지않게 보내 주었던
그 사람 마지막 선물
진달래 봄소식

내 마음 빈 호수에
송이송이 꽃빛 바람으로
울다 웃다 일렁이는
물결이 되네

식탁 위에 여명(黎明) 한 잔 내리면

입춘 지난
유리창으로 잔설(殘雪)
어설피 늙어버린
백발(白髮)이더라

무심(無心)을 마중하러
여민 눈가에
새벽 잠 떠나고
없는 나날들
식탁 위에
여명 한 잔 내리면

연둣빛 다향(茶香)인 양
다가오면 외로운
그대

고드름에 기댄
햇살 한 모금
어스름 어느덧
짙은 정(情)인 양

멀어지면 그리운
그대

제6부

/

흐르고 흐르다

나도 젖는 경칩(驚蟄)

병신년 3월 5일 토요일
꿈을 깨는 하품 거두어
분무기 뿌리는 거리
더 여문 꿈을 안고 오라
그대를 보낸다

텅 비어 버리고
의미를 잃은 채
지나치며 접으며
마냥 걷고 싶은
나도 젖는 경칩(驚蟄)

본래 무엇이 있었길래
없었다고 도래질하며
눈곱 씻는 삶들을
정들기 전에 접어 두고
걸어야 하나

우리는 가피의 꽃잎 꽃잎
한 송이 간절한 기도

향이 날개 펴는 봄날
웃음 주신 큰 은혜
더 크게 보은하리다

흐르고 흐르다

실개천으로
흐르다
혹여 길 물어
오는 이
있거들랑
아래로
그저 아래로

강물 되어
흐르다
운명인 양
사랑하는 이
만나거든
사무치게
그저 사무치게

흐르고 흐르다
마침내 바다에
이르거든
일념즉시(一念卽時)

무량겁(無量劫)
맑고 고요히
그저 맑고 고요히

걷고 또 걸었다

자유는 무거웠지만
무명의 승리로
덤불 사라진 언덕
둥지 찾는 새 한 마리

하늘과 바다
산과 바람
만나고 또 만났다
햇살과 나무
새들과 꽃
함께 또 홀로였다

먼 길 위에
더 가까운 길
걷고 또 걸었다
지금 여기 이 순간
아무도 없고 또
나도 없었다

강가에서

해 저무는
강가에 서면 언제나
엄마 기다리는
어린 서러움

붉게 타는
강가에 서면 언제나
아련한 꿈이었던
강 건너 산마루

목 메이는
강가에 서면 언제나
엄마 기러기
더푼드푼 바쁜 날갯짓

차마 아쉬운
강가에 서 있는 오늘
돌아오지 못할 뒷모습
노을빛 쓸쓸한 물길

아버지

별들의 눈물 모아
드리운 새벽안개길
이승 떠나가는 길
이와 같아서
다가가면 나투시리라
부처님이시여

어린 아버지 놀던 봉화산
관음성상 앞 한나절
멀리 보이는 낙동강
엄마와 어린 우리들
뱃놀이 노 저어 주시던 날
함께 깔깔대던 잔물결

밤낮도 잊은 채
그저 뒹굴며
물기슭 산기슭 어딘지
대답 없던 아버지
하얀 두루마기 좌정하시며
내 밥상 받으시던 꿈

그 모습 그대로 수광전
영가전에 선명히…

나이만 더한 불효
엎드려 불러보기도 전에
가눌 길 없습니다
아버지, 아버지

축시에

아직은 새들
꿈속인 축시

외로움
독한 외로움 벗하며
깊은 골 오두막으로
이사하시던
선지식의 기침소리
읽고 또 읽어본다

고단한 여정
아랫녘 어느 장터로
적막의 짐 꾸리고
소달구지 서두르는
아버지의 하품소리
아려 아려오는
아련함이여

소절소절 얼룩진
페이지에 머물며

한시름 놓을 때
간절한 달빛 모아
여한 없이 내미는
이 손 잡아주소서

갈 데까지 가봅시다 우리!

지지배배
구구절절
시시비비
떠다니는 촉들
모양새 따라
인연 부르는 아침
아무것도 아니란다

空이고 無我
中道로 살라
풀어 헤친 밤꽃 향
生과 命을 보태는
오로지 山

숱한 주검들
솔잎에 대롱대롱
뒤따르던 통곡
바람과 화해하고
오로지 강물

들숨 날숨 믿고
갈 데까지 가봅시다
우리!

화순 운주사(雲住寺)

"주야로 읽어야 낫는다"
금강경 쥐어주던 큰언니
오늘도 법당에 오시어
목소리 근심이시다

구름 위에 앉았더니
나도 구름이고
별자리에 머무르니
나도 별이더라

반세기 머금고 자란
단풍나무 나이테 손목
부여잡고 목 메이는 바람결
인연은 남아 다하지 못하네

꽃도 없는 민초들
한 벌 무명치마 여민 옷자락
한결 같은 마음이사 합장으로
님의 말씀 메아리도 그리워
기다리는 와불님

속치장 침묵으로 바쁜

천불천탑(千佛千塔)

화순 운주사

난의 미소

온기(溫氣)의 농도를
누려 보라
녹슨 강물만이
푸른 하늘 지우듯
흐를 것이다
공(空)이여

황홀한 노을의 실루엣
공유(共有)의 화음
조율한다 해도
닭 울음 그림자 짙어지면
아픔은 놓을 수 없는
자비의 속세
기어(綺語)로 얼룩진
오래 된 자서전
난의 미소가
연주하고 있다

한기(寒氣)의 고백을
들어보라

밝은 처음만이
눈보라 내음 녹이듯
흐를 것이다
공(空)이여

인도여행 12박 13일

류시화 시인은 인도여행을
하늘 호수로 떠난 여행이라고
어떤 여행이었길래?
가족 친구들 염려에 조금의 긴장과
더 큰 설레임 기대를 안고
부처님의 나라로 떠나는 여행
2015년 11월 인도여행 12박 13일

박물관 부처님의 진신사리 앞
수천 년 만에 만난 부모님인 양
뜨거운 환희의 가슴으로부터
걷잡을 수 없는 눈물이 흘러내렸다
삶이란 자신이 선택한 길을 가는 것
어두움과 밝음의 길로 빈손 등불 하나
더 밝게 비추어 주시던 맨발의 길

부처님은 어느새 우리를 앞장 서
보드가야 금강좌에 앉으시고
광명에 눈부서 합장하고 명상에 들면
산치대탑에 이르러

환희의 승무 온누리에 불심 한마당
옛이야기 사랑과 미움 인간사 듣는다
참자유의 길 동행하여 지혜로 회향하는

마야부인, 수잣타, 말리부인, 승만부인
연화부인, 연화색비구니, 마등가 바사타
그대들의 후예들이 구름옷(Saree) 입고
무지개다리를 놓고 있다

귀의한 마음에 흔들어 주는 손끝으로
마른 눈물로 빚어진 자비의 웃음으로
빈 발우 같은 눈동자들 무소유의 이름으로

부사의한 꿈속 신기루
타지마할은 보석으로 치장한 젊은 왕비
야무나(Yamuna)강을 사리로 휘감고
영원한 그리움의 빛으로 서 있다
누구나 왕이고 왕비가 아니었던가
남김없이 다 주어도 아깝지 않은
서로의 길에 타지마할을 선물하자

무질서 속의 천연스런 질서
소음 속의 신비스런 침묵
삶 속에 의심 없이 살고 있는 죽음
미완성 속의 기원 같은 만족
먼지 속의 우주가 되는 어린 눈동자
햇빛과 달빛으로 넉넉한 문 없는 문
서로에게 무심한 소와 양, 개들과의 동행

꼭 한 번은 가 봐야 할 나라 인도
호수에 하늘이 내려와 노니는 곳
부처님의 길을 묻는 불심을 챙기지 않고는
떠나지 말아야 할 인도
갠지스강에서는 오온이 다 멸하여
분별심과 불이법문이 두고 온 바람소리
13일 순례길 모두 강물이었다 흐르는

잉태한 무우수, 보리수, 사라수나무
상카시아 보석 사다리 영축산으로 출렁이면
곧 태어날 불국토 태양빛 예사롭지 않나니
기원정사, 죽림정사 금빛 찬란하고
아잔타, 엘로라 석굴 사자후로 진동하여
향실마다 전단향 피워 염화미소 뵈옵고
내 기도 고이 접어 세세생생 전하리다

미완의 빛

까치 한 마리 대숲에 앉아
여명을 쪼아대며
하루를 불러오는 것에
무슨 의미를 두려는가

돌아앉은 시간을
이삭 줍듯 모아 쥐고
후~~ 허공으로 날려 볼까

사라진다는 것은
미완의 빛을 되새김하는
시린 가방 낡은 뒷모습

참사랑 석장(錫杖) 한 걸음
숨죽인 산맥
허리 꺾인 바다 앞에
무슨 까닭을 물으려는가

나목(裸木)

퇴색이 영이별
아니라고
놓을 순 결코 없다고

허우적 도래질
하던 곳 어딘지?

파스락 파스락 낙엽
허망의 비명(悲鳴)도
사라진 아침

비로소 보이는 나목
내가 돌아갈 곳
바로 나였던 것

다 비우고
허공이 된 나목

눈 내리는 날

앙상한 벚나무 잔가지처럼
혈관의 흐름을 멈추고
눈을 감고 눈 맞이해 보자
눈물인지 눈 물인지
녹아내린다 두 뺨 위로
사랑의 앙금이 미움으로
미움의 앙금이 사랑으로
둘이 아니고 하나라던가

다 걸러내고 남은 찌꺼기
내려놓고 가는 거다
뒤돌아보면
멀어지는 발자국
하얀 길을 하얗게 가는 거다
한 송이 눈 녹듯
무색의 그림 허공에 걸어놓고
행복했었고 고마웠다고
눈 내리는 날

줄탁동시(啐啄同時)

흰 구름 걸려있는
벗은 나무 우듬지에
한나절 누굴 부르는지
목이 쉬는 새 한 마리

한 자락 꿈이었던 세월
깨고 싶은 노래일까
버려도 무거운 바람
헐고 싶은 울음일까

먼저 가서 기다려다오
줄탁동시 날개 펴고
지은 집 다하는 날
마중 나와 주옵시길⋯⋯

큰 빛 달밤에

정월 큰 빛 달밤에
물은 잠들고
수런수런 소란에
산은 마실 나선다

부대끼며 비워 둔
대숲의 기도가
떨리는 한 떨기
달빛으로 익는데

뜬눈 풍경(風磬)이
법종소리 나르는
우주 쉼터 마주앉아
달 띄운 차 나눌거나

부엉아

새해 아침
어제가 되고
소풍 뒷설거지
미루어 쌓인 채
아랫목 낡은 돌부처
나의 거푸집인가

세월이 부여잡아도
돌팔매 돌아서더니
얼룩진 손편지
보낼 곳 비어 있네

인시(寅時)는
아직인데 부엉아
온 나라가 엉엉 울던
그날처럼 이 밤을
부처님 뒷전에서
부어엉 부어엉
목이 메이네

12월의 산책길

그냥 쫓기듯 걸어가면
햇살 뒤춤에 거두고
귓불 차게 스치는 된바람뿐
담을 것 보이지 않는
12월의 산책길

아직 하나로 묶여 있는 한 해
봄 여름의 꽃진 자리
열매로 씨방으로
다가가면 눈부신 흔적
넘치도록 담아보고

새들은 類類相從
벗은 나뭇가지 위에서
마른 들풀 속에서
겨울채비 부산한 모습
발길 멈추게 하네

꽃이라 하자
억새 갈대의 하얀 치장

어설피 물든 나를 닮아
젖은 흐느낌 말리느라
허공 기슭 기웃기웃

짧은 하루가 서산
정자에 앉아
잠시 연지볼 더 진하게
고칠 즈음
걸어온 발자국
부끄러운 내 뒷모습

담았다 지우는
아, 無相 無想

2022년 1월의 제주도

우리의 남쪽
바다 건너
키 큰 할멍요정이 빚어 놓은
보물섬 제주도

첫날 맞이한 여우날씨가
초대해 준 겨울왕국
한라산 1,100고지
하얀 허공의 신기루
꿈속의 축복을 걸었던가

초록 해풍이 날개 펴는
숭숭 검게 탄 밭담에
오래된 동백이 기대어
붉은 꽃으로 꽃으로
놀멍쉬멍 가멍오멍

나의 파도소리
너에게도 들렸겠지
심장의 계절이 동승(同乘)한

오늘은 다시 내일

두고 가야 눈부신 선물

1월의 제주도

시절인연을 나누는
꽃길에서

지은이 / 김말분
발행인 / 김영란
발행처 / **한누리미디어**
디자인 / 지선숙

•

08303, 서울시 구로구 구로중앙로18길 40, 2층(구로동)
전화 / (02)379-4514, 379-4519
Fax / (02)379-4516
E-mail/hannury2003@hanmail.net

•

신고번호 / 제 25100-2016-000025호
신고연월일 / 2016. 4. 11
등록일 / 1993. 11. 4

•

초판발행일 / 2022년 6월 25일

•

•

값 **13,000원**

•

※잘못된 책은 바꿔드립니다.
※저자와의 협약으로 인지는 생략합니다.

•

ISBN 978-89-7969-852-7 03810